CONTOS DA MEIA-NOITE DO MUNDO

Rodolfo Castro

Ilustrações: **Alexandre Camanho**

Tradução: **Caio Otta**

2017
1ª edição

Belo Horizonte

Título: Contos da meia-noite do mundo
Texto © Copyright 2015 Rodolfo Castro
Ilustrações © Copyright 2015 Alexandre Camanho
Este livro não pode ser reproduzido, no todo ou
em parte, sem prévia autorização da editora Aletria.

Editora responsável
Rosana de Mont'Alverne Neto

Editor assistente
Urik Paiva

Coordenação editorial
Juliana Mont'Alverne Flores

Tradução
Caio Otta

Revisão
Joice Nunes

Ilustrações
Alexandre Camanho

Projeto gráfico
Nemer Fornaciari Design

1ª reimpressão: fevereiro de 2022

C355   Castro, Rodolfo

        Contos da meia-noite do mundo/ Rodolfo Castro ; ilustrações
Alexandre Camanho ; tradução de Caio Otta. – Belo Horizonte :
Aletria, 2017.
        40 p. : il.

        Original em espanhol
        ISBN 978-85-61167-90-5

    Literatura infantojuvenil. I. Camanho, Alexandre, ilustr.
    II.Otta, Caio, trad. III. Título.

                              CDD: 808.899282
                              CDU: 83-93

Praça Comendador Negrão de Lima, 30 D – Floresta
CEP 31015 310 – Belo Horizonte – MG | Brasil
Tel: +55 31 3296 7903

aletria.com.br

CONTOS DA MEIA-NOITE DO MUNDO

Rodolfo Castro
Ilustrações: Alexandre Camanho
Tradução: Caio Otta

2017
1ª edição

Belo Horizonte

"(...) a dança não era um espetáculo,
era um procedimento mágico
para atuar sobre a natureza."

VLADIMIR PROPP
As raízes históricas do conto

Prefácio aos contos de Rodolfo Castro

As memórias informes, a que se refere o autor delas na sua introdução, é a melhor expressão do que o leitor encontrará neste livro. Contos clássicos como a Bela Adormecida (*A matéria do silêncio*), a Gata Borralheira (*Maldito pé pequeno*) e Chapeuzinho Vermelho (*A donzela feroz*), estão aqui em versões que nos parecem "informes", além de que sua composição, propositadamente, reúne variantes que não são conhecidas do público. Com uma razão bem sustentada: depois que o iluminismo releu a tradição medieval, com exceção da História Nova ou das mentalidades, tudo foi muito bem disposto, ainda que a lógica tenha guardado algo inexplicável do maravilhoso. Mas comportamentos e práticas foram "adequadamente corrigidos".

Há que se ler a introdução, refletir sobre ela mais de uma vez com seus postulados questionadores. Finais felizes? Para quem, parece perguntar-se. Castigo e vingança corroboram a virtude e a felicidade? Pois aí estão aspectos que incomodaram o compilador, que flagra anacronismos nas histórias, porque, de fato, as versões que temos não passam de 300 anos, e mesmo estas têm suas diferenças, entre Perrault (século XVII) e os Grimm (séculos XVIII e XIX), entre a tradução de Lobato (século XX) e a de Alberto Figueiredo Pimentel (século XIX). Mas, sobretudo, vale ler e anotar os contos, com lápis na mão, para assinalar as passagens que foram recobertas pelo autor, segundo pesquisas realizadas sobre versões mais antigas ou mesmo mais modernas: *Pentamerão* de Giambattista Basile; *Contos* de Charles Perrault; *Contos dos Irmãos Grimm*; *A Feiticeira* de Jules Michelet; *O herói de mil faces* de Joseph Campbell; além da série *Contos maravilhosos europeus*, de Francisco Vaz da Silva. Ele ainda informa ter recorrido a muitas outras fontes, mais amplas, como *Uma história da leitura* de Alberto Manguel, *A História universal da destruição dos livros* de Fernando Baéz, entre outros.

O que nos toca salientar nesta coletânea de alguns contos maravilhosos com ares fantásticos numa releitura feita nas bases sugeridas por Roman Jakobson, é o inesgotável desse interesse; a partir dele, Bruno Bettelheim nos anos 1970 se tornou referência obrigatória para tratar das relações entre o inconsciente/

subconsciente de crianças e as estratégias narrativas medievais que lhes narramos porque elas falam de desejo e repressão, que emergem na vida cultural dos homens, como anunciara Freud na literária reflexão sobre o mal-estar na civilização.

As narrativas em torno de Chapeuzinho Vermelho, Cinderela e Bela Adormecida têm seu valor efetivo para estudiosos e pesquisadores, mais que para a infância, pois elas supõem, como nós já as temos, as versões disciplinadas com as quais, à distância, comparar. Não são as barbáries que impressionam, pois as histórias "reais" de hoje, no jornal diário da TV, não ficam longe. Mas é a forma narrativa, entrecortada, com ganchos por associar, que transforma a curiosidade em desafio para compreensão e atribuição de sentido, coisa mais profunda na vida humana que muda de forma mas não muda de substância.

Há que se considerar que mesmo essas fontes antigas recorreram a outras que as precederam e há certamente uma *assemblage* com trechos de múltiplos recontos, aliás, como os irmãos Grimm registraram, eles mesmos. O trabalho de recolha ontem, como hoje o de divulgação, presta um serviço inestimável a quem tem interesse e gosto pela ancestralidade, psicanalítica, antropológica e literariamente falando. Ter ao alcance, em português e reunidas como amostra num só volume, narrativas de acesso raro em raras edições europeias, é uma contribuição oportuna para ampliar os horizontes nossos, não apenas quanto ao maravilhoso, mas também quanto ao realismo fantástico que García Márquez valorizou na vida latino-americana e já tinha seus exemplares em histórias do velho mundo. Tudo depende, enfim, do ponto de vista de quem olha.

Tudo tão insólito e tudo tão "verdadeiro".

ELIANA YUNES
Pesquisadora-chefe da Cátedra Unesco de Leitura
Instituto Interdisciplinar de Leitura da PUC-Rio

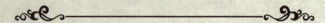

Memórias informes

Recordo-me que, quando menino, apoderava-se de mim uma enorme sensação de tédio com a leitura dos contos dos livros escolares. O didatismo e as boas intenções onipresentes ali eram insuportáveis. Não que, àquela época, eu compreendesse o motivo do meu cansaço; simplesmente me aborrecia. Tragicamente, isso que acabo de dizer é recorrente na grande maioria das crianças e adultos.

Nos contos considerados clássicos infantis, há uma constante que não foi rompida com as novas tendências, ao menos em suas versões modernas popularizadas pelo cinema comercial e por edições baratas. Uma constante que não observo em outros contos populares que não se tornaram clássicos: sejam seus heróis príncipes ou aldeões, sempre triunfam aqueles que estão do lado da riqueza e do poder, ou que perseguem isso. Como esse ideal me gera enormes dúvidas, dediquei alguns anos à revisão de textos e contextos ligados a essas histórias. Por enquanto, tenho a suspeita de que dificilmente se dançava valsa nas bodas reais, pois quando foram criados esses contos a valsa sequer existia. Também foi fácil descobrir que, mediante a leitura de alguns livros de história medieval, durante séculos na Europa, ninguém se banhou mais de uma ou duas vezes durante toda sua vida. E a maior das obviedades foi confirmar que a vida nas casas reais era repleta de perversões e que era dali que se descarregava a fúria aniquiladora que assolava as aldeias, e não das mãos sábias das mulheres acusadas de bruxaria.

Contudo, o que se extrai dos contos clássicos é o oposto. É óbvio que, para que haja uma história e um castigo, as coisas devam sair de seu curso por um tempo. Mas o momentâneo triunfo "dos outros" irá, sem exceção, desencadear as forças de reação mais letais e, cedo ou tarde, tudo haverá de voltar ao seu lugar, seja pela astúcia, pela força ou pela magia de um grupo de fadas contratadas pelo rei; e o castigo sempre terá a marca de uma cruel vingança. Ou não nos parece natural que o caçador abra a barriga do lobo com sua faca e, uma vez salvas, a garota e sua avó recheiem a pança do animal com pedras, costurem-na e, finalmente, escondam-se para observar com regozijo a dolorosa morte do lobo afogando-se no rio?

Já sei, já sei, não devo ser tão radical. Mas cresci escutando contos com esses finais radicais. De todo modo, são sempre os maus que acabam por sofrer esses castigos. E isso está correto, não? Há um sem-número de ensaios psicanalíticos sobre contos de fadas que afirmam que a criança, ao se identificar com o triunfo do herói, resolve conflitos em seu subconsciente. O problema talvez seja definir o bom e o mau, se esses estereótipos sociais admitem serem questionados, ou se temos que aspirar sempre à vingança e ao poder como ideais de virtude e felicidade. Uma felicidade que é sempre individual, nunca coletiva, pois passada a festa, os aldeões terão que continuar pagando impostos abusivos e sofrendo os desmandos do castelo.

A que se referem aqueles que dizem que esses contos têm finais felizes? Um casamento entre um príncipe e uma princesa é um acontecimento relevante? Não se trata da celebração de uma grande injustiça?

Mesmo as versões modernas dos contos clássicos não têm finais felizes. Suavizaram a tal extremo seus conteúdos que chegaram ao disparate de fazer com que os antagonistas terminem sendo todos amigos. Isso se parece mais com ignorância que com felicidade. Creio que essa manipulação cause efeitos ainda mais destrutivos na mente infantil que as versões com castigos explícitos. Porque essas versões de bondade extrema subvertem a essência dos personagens, violando, inclusive, as regras mais elementares da fantasia. A meu ver, não há nessas versões nada que se aproxime, sequer por um momento, de uma verdade, seja essa qual for.

Mas não sou um especialista e não há nada em mim que esteja preocupado em ter a razão ou algum rigor científico. Sou apenas um contador de histórias; e os contos aqui apresentados não são mais que pensamentos, ficções reinventadas, memórias informes do desconhecido.

RODOLFO CASTRO

A DONZELA FEROZ

(Inspirado em versões antigas de Chapeuzinho Vermelho)

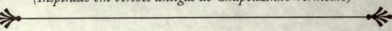

Houve um tempo em que o mundo era esquecido a cada dia. Hora após hora, a rotina dos séculos se repetia e a beleza durava o que uma peste não tardava para dizimar uma vila. O mundo era esquecido para ser contado à noite, por homens cansados e mulheres pálidas, por crianças que nunca cresciam. Vidas oprimidas sob os domínios das abadias e castelos. Um mundo de enigmas e golpes de sorte. Para onde levava o caminho do bosque quando entardecia? De quem eram as palavras que emergiam dos poços d'água? Quem conseguiria se alimentar e quem seria a comida do dia seguinte? Não é de se estranhar que aqueles contos tenham falado sempre de *comer* e *matar*. Há quem ainda insista em encontrar finais felizes, mas se houvessem, já não seriam mais contos medievais.

Esta história começou a ser tecida em uma tarde de final de outono. Em um bosque, um caçador esfolava sua caça quando notou a presença de uma jovem caminhando pelo campo, alegre e distante de qualquer caminho. Era filha da mulher sem mãos que vivia perto do rio. Contavam uma história perturbadora de como aquela mulher as havia perdido. Afirmavam que sua mãe, uma ogra que vivia há tempos escondida no bosque, lhe comeu as mãos quando era pequena.

O caçador observou a jovem enquanto passava. Era um homem robusto coberto de peles, rodeado pelo vapor de sua respiração e montado sobre um tronco caído. Mais parecia uma fera selvagem.

Amedrontada ao vê-lo, a menina se pôs a correr e desapareceu entre os arbustos. O caçador guardou suas coisas com calma e foi atrás dela. Rastros de lama e galhos quebrados indicavam por onde sua presa havia fugido. Uma intensa neblina amarelava o ar. Um inverno tenaz se aproximava.

Quando finalmente se sentiu a salvo de seu perseguidor, a jovem parou. Soluçou em silêncio enquanto esperava que sua alma a alcançasse e retornasse ao seu corpo. Sem pensar duas vezes, devorou o pão que levava para sua avó e bebeu, em um só trago, todo o vinho que trazia no odre de couro.

Caminhou por mais de uma hora por terrenos irregulares. Várias vezes morreu, e voltou a morrer, e morreu novamente, com o farfalhar das folhagens, com o surgimento de uma sombra ou a forma de uma raiz. Substituiu o pão por uma bola de barro e recarregou o odre com a água de uma poça. De repente, todo o bosque silenciou, as árvores cerraram os olhos, os pássaros fingiram adormecer e a névoa se deslocou pelos flancos deixando descoberta a casa de sua avó.

No ar, ainda vibravam as palavras arcaicas que a avó cantara em voz calma no dia anterior para sossegar seus gnomos interiores.

Por toda a tarde, o ar feminino da floresta sussurrou coisas em seu ouvido. Coisas antigas que lhe traziam pensamentos. De cócoras, a avó urinou sobre a terra para sentir aquele agradável vapor lhe subir pelas dobras de suas roupas.

Há muito tempo, fora acusada de mutilar sua filha e se vira forçada a fugir da aldeia. Por duas vezes em sete anos, seu único contato com o mundo externo foram as visitas que sua neta lhe fazia. Uma garota carinhosa, mas atrevida, que se divertia fazendo-lhe perguntas sobre seu cheiro, seus cabelos longos, suas unhas ou dentes, e que a obrigava a tomar diversos cuidados, já que, apenas por brincadeira, era capaz de esconder uma brasa ardente em seu sapato ou dar-lhe de comer qualquer porcaria.

Naquela tarde, manteve-se à espera na porta até que a neblina não lhe permitiu mais avistar o caminho. Já estava prestes a adentrar a casa quando teve um pensamento revelador e, num golpe de intuição, compreendeu o que aquele nevoeiro lhe traria naquele dia. Era por quem esperava por todos esses anos.

Bebeu um pouco de água pura, limpou a garganta e lavou seu corpo pela primeira vez depois de muito tempo. Soltou seus cabelos que se derramaram até o chão, tão brancos e longos como uma mortalha. Ali, esperou sem se abalar com o frio, enquanto seus olhos miravam diretamente a escuridão que crescia ao redor de sua cabana. Foi então que o viu chegar por entre a névoa. Ele se atirou sobre ela e, em poucos segundos, a despedaçou.

Já era noite quando a garota chegou à cabana. Estava maltratada pelo frio e fadiga, mas, ainda assim, algo a fez titubear antes de entrar. Um odor agressivo pairava no ar. Empurrou a porta entreaberta, que se abriu com um ruído. Dois passos adiante, já se encontrava na penumbra da sala. O fogo crepitava na lareira e iluminava a mesa, sobre a qual repousava uma bandeja com pedaços de carne fresca e uma jarra com o que aparentava ser vinho. Acostumada a comer mal e em poucas quantidades, a jovem se lançou sobre a comida, devorando um bom pedaço de carne e bebendo alguns goles do líquido da jarra. Saciada, caminhou pela penumbra da sala até o quarto de sua avó.

Uma vez ali, sua avó ordenou que se deitasse na cama com ela. Dormir juntas, às vezes até na companhia de algum animal, era uma maneira comum que tinham para combater o frio da noite. Assim ela o fez, mas quando entrou sob as cobertas, uns braços fortes a agarraram. Debateu-se com todas as suas forças, mas umas pernas enormes se sobrepuseram às suas. Tentou gritar, mas um assustador sorriso de dentes de madeira a paralisou aterrorizada.

No dia seguinte, as pessoas da aldeia viram chegar do bosque um caçador carregando uma pele de lobo e se aproximaram para escutar seu relato.

O homem contou que havia encontrado por acaso a cabana onde vivia a ogra, guiado pelo uivo dos lobos. Mas, ao chegar lá, percebeu que acontecia uma briga entre ogras. Ao que parecia, a mais jovem havia se ferido depois de destroçar a ogra mais velha. O caçador contou que, pela manhã, com a luz do sol, se atreveu a adentrar a cabana e seguir até o quarto, onde sabia que estaria adormecida a donzela feroz. Matou-a antes que despertasse e, neste momento, foi testemunha da transformação do corpo da garota no de uma loba. A pele que trazia consigo servia para comprovar que era tudo verdade.

O povo acreditou piamente naquela história.

Homens, mulheres e crianças, armados com paus, pedras e ferramentas, puseram-se a caminho da casa da mulher sem mãos, junto ao caçador, para acabar de vez com a última das três ogras.

Naquela tarde, o caçador, satisfeito com a caça do dia, regressou à clareira do bosque onde tudo havia começado. Montado sobre o tronco caído, cantarolou uma antiga canção que ouvira de sua avó. No rosto daquele homem de enormes ombros, de braços fortes e olhar assustador, desenharam-se traços semelhantes a um sorriso, que deixou aparecer sua obscura dentadura de madeira.

A MATÉRIA DO SILÊNCIO
(Inspirado em versões antigas do conto A Bela Adormecida)

Não foram as invasões nem as cruzadas. Não foi a imaginação nem a loucura. Não foram os rompantes de epilepsia nem as danças macabras. Não foram as fogueiras nem as batinas, muito menos os bailes do palácio. Não foram os soldados, nem os piolhos, nem a fome. Não foram os excrementos nem os enforcados. Não foram as violações nem os impostos. Não foram os invernos gélidos nem os lobos... Foi à noite e em voz baixa, sob a luz fosca do medo, que se contaram essas histórias sem lei. Foram essas narrativas que marcaram para sempre aqueles que seriam chamados tempos da meia-noite do mundo.

Conta-se que existiu um rei que não conseguia ter filhos. Tentando tê-los, casou-se uma ou outra vez, mas uma maldição pairava sobre quem fosse sua esposa. As rainhas não conseguiam engravidar. Magos, médicos, sábios e, finalmente, homens comuns receitaram às mulheres todo tipo de tratamento, desde poções inofensivas a flagelos corporais, que variavam de exposição ao ataque de insetos venenosos a coisas bem piores, que chegaram a dar cabo da saúde ou da vida de algumas delas.

A última candidata ao trono haveria de tomar suas precauções. Uma vez coroada, tratou de varrer ela mesma todos os recantos do castelo. Queimou lenços e ordenou que matassem todas as corujas do reino, aves repugnantes e agourentas que traziam mau-olhado. Após as investidas noturnas de seu marido, e enquanto ele dormia, subia ao telhado para se expor ao vento e à chuva; bebia às escondidas coalho de lebre e outros preparos que lhe ensinaram suas matronas. Os primeiros meses transcorreram sem contratempos, até que, certa noite, o rei sentiu algo estranho mordendo-o sob os lençóis. Pálido de espanto, saltou da cama, tomou sua espada e despedaçou um animal horrendo que ali estava. A rainha pôs-se a explicar do que se tratava aquilo, e ele ameaçou matá-la caso voltasse a encontrar raízes de mandrágora com formas humanas em sua cama. Contudo, acabou aceitando os rituais como uma demonstração de seu empenho para superar a maldição e dar-lhe um herdeiro.

Fora tudo em vão; a rainha permaneceu sem conseguir engravidar. Quando o rei começou a diminuir suas investidas amorosas, ela compreendeu que sua vida estava em perigo e tomou uma decisão há muito postergada. Pediria a ajuda de Magier, uma mulher sem braços que curava com os pés e amamentava gnomos na floresta.

Era necessário caminhar um dia inteiro para chegar até ela. Quando finalmente encontrou Magier, a rainha foi acometida por um asco súbito que a fez se curvar sobre a terra. Ajoelhada e sem poder se levantar, expôs toda sua aflição. Quando terminou de falar, levantou os olhos e viu a dupla fileira de dentes que a velha lhe mostrava enquanto ria de maneira tão escandalosa que a neve acumulada nos ramos das árvores caía em pedaços ao seu redor. A resposta era tão simples que, ao escutá-la, a rainha tampouco pôde conter a risada: o rei era estéril.

De volta ao palácio, preparou tudo para dotar o soberano de um herdeiro. Por várias semanas recebeu, às escondidas, os fluidos de vários mancebos, que eram imediatamente assassinados para evitar qualquer indiscrição. Em pouco tempo a rainha anunciou sua gravidez e, meses mais tarde, deu à luz sem qualquer contratempo. Houve uma grande festa. A maldição da infertilidade já não pesava mais sobre o castelo. Por isso, o rei aceitou com alegria a recém-nascida, ainda que não fosse o herdeiro desejado. E quando a princesinha completou um ano, respeitaram-se todos os rituais para lhe dar um nome.

Todas as fadas da região foram convidadas para a cerimônia. Chegaram à festa, então, doze seres de aspecto inquietante. Elas eram mais antigas que as montanhas, e a presença de uma só daquelas fadas já bastava para perturbar o espírito e emudecer todos à volta. Reunidas em torno da mesa, sorriam imorais e eternas.

A celebração teve início ao meio-dia. As fadas murmuraram algo que pareceu ser uma canção, enquanto o druida do palácio se aproximava do berço e o envolvia em um círculo de resina, sálvia e incenso. Em seguida, tomou sua faca negra e, na pele do bebê, fez três aberturas simbólicas que seriam a chave de seu espírito: uma marca na altura dos lábios, outra sobre a espinha dorsal e a terceira sobre o umbigo. Ao terminar, sussurrou-lhe seu nome ao ouvido.

Enquanto o druida amparava a criança, as fadas se aproximaram. A primeira deixou cair uma gota d'água sobre a face do bebê. A seguinte estalou os dedos, a outra criou um redemoinho de fumo, a quarta amarrou um tufo de seus cabelos em um dos pés. Assim foi uma após a outra. Tudo transcorria como o previsto, até que, sem aviso prévio, chegou à sala Sith, a mais antiga das fadas, a única com quem o mensageiro do reino não havia conseguido falar. Sua morada era ao norte, entre os túmulos das crianças mortas. Sua presença era insuportável. Até as outras fadas cobriram os olhos. A criança caiu dos braços do druida e pôs-se a chorar. Ninguém se mexeu quando Sith falou:

– Cheguei aqui sem ser convidada. A Magier da floresta me contou sobre um nascimento. Minha presença não foi convocada, e isso me impede de dar um presente para a recém-chegada. Apenas anunciarei o inevitável. Quando menos se esperar, a menina se ferirá com uma farpa de madeira e morrerá.

Depois de lançar a fatídica sentença, seu corpo se desfez em milhares de insetos, que abandonaram a sala aterrorizando toda a corte.

A rainha rogou às fadas que anulassem a profecia.

– O destino não pode ser alterado – contestou uma delas. O acidente é inevitável. Porém, quando acontecer, ela não morrerá; apenas dormirá por cem anos. Para os mortais aqui presentes, será como se estivesse morta, o que honrará o poder inquestionável de Sith, mas quando se cumprir o prazo, ela será despertada pelo filho de um rei.

Os pais tentaram proteger a menina com cuidados e proibições, mas com o passar dos anos as precauções foram se dissipando. Quando a rainha voltou a engravidar e nasceu o tão esperado herdeiro do trono, todos os medos ficaram para trás. Com ele não se cometeram erros. Os festejos foram suntuosos e todos os entes da floresta, inclusive Sith, dotaram o príncipe de presentes fabulosos.

Ninguém voltou a se preocupar com a princesa. Durante o dia ela permanecia enclausurada no gineceu, ocupada com afazeres femininos. Ali lhe ensinavam a baixar os olhos e a ser discreta, a cultivar a obediência e a castidade. À noite, sua babá lhe cantava acalantos, acompanhada por uma rabeca, com esse aspecto de tristeza que têm sempre as canções de ninar. O castelo era o recanto do seu tédio e de seu mistério. O que significava para ela estar viva?

Em uma madrugada, na véspera de seus dezesseis anos, a garota teve um sonho. Nele, corria por um jardim de plantas espinhosas que rasgavam sua roupa e lhe feriam a pele. Quando conseguiu atravessá-lo, subiu as escadarias da torre mais alta do palácio e se refugiou no último aposento. Ali descobriu uma mulher que fiava com um artefato que jamais havia visto. O fio que dali saía serpenteava pela janela até o jardim, e dava corpo e forma aos espinhos que rodeavam a torre. Ao dar-se conta disso, lançou-se contra a velha fiandeira, dando-lhe um forte empurrão e fazendo-a se esparramar pelo chão como um cesto de roupa suja. Mas a estranha roca deu um passo para trás, curvou seu dorso giratório e atacou a princesa, mordendo-lhe a mão.

Na manhã seguinte, os criados encontraram a princesa que jazia em meio aos lençóis. Um de seus dedos sangrava, ferido por uma farpa.

A rainha convocou Magier, a velha feiticeira, que, ao chegar ao castelo e avistar a princesa adormecida, ordenou que se cumprissem os rituais ancestrais que exigiam que os criados acompanhassem a soberana em sua morte. Um denso torpor desceu sobre o palácio. O rei e a rainha, então, partiram, e com eles seu filho e seus cavaleiros, abandonando a jovem em um cortejo macabro. A notícia da virgem adormecida se alastrou pelos caminhos. As crianças a repetiam como se fosse um conto, os homens a declamavam nas tabernas e as mulheres a sussurravam como súplicas junto ao fogo.

Passaram-se noventa e nove anos. Certo dia, um rei que regressava de combates em terras distantes acabou chegando nas já lendárias terras do castelo encantado e, do alto da colina, avistou a torre.

Aquele rei perguntou o que poderia encontrar naquela torre, e lhe foram dadas as mais diversas respostas. Houve quem lhe contasse sobre fantasmas e quem acrescentasse à história bruxas e outros seres sem nome. Houve quem a advertisse sobre os ogros, e mais alguém que lhe falasse de objetos que ganhavam vida. Por fim, um ancião, com a esperança de receber alguma recompensa, revelou-lhe a verdade.

O guerreiro não teve dúvidas. Sacou sua espada e abriu caminho por entre a espessa vegetação que guardava o palácio. Com a ajuda de seus homens, destruiu as árvores e plantas e incendiou pastos, até que chegou ao castelo.

A MATÉRIA DO SILÊNCIO

O que encontraram ali era desolador. Dezenas de pessoas caídas no chão, cobertas por poeira e musgo, com partes de seus corpos devorados por animais selvagens e cobertos por insetos e roedores.

Mas o rei não se deteve. Atravessou os pátios, entrou nos salões e subiu as escadarias até o quarto onde dormia a princesa. Bastou vê-la para arder de desejo. Sem chegar a despojar-se por completo de sua armadura, lançou-se sobre a jovem. Antigas presenças se mantiveram à espreita, sem intervir. O rei se saciou uma e outra vez com ela, enquanto ao redor do castelo os espinhos voltavam a crescer, cobrindo todo o lugar, até apagar por completo qualquer raio de luz.

No dia seguinte, o rei abandonou a jovem adormecida em seus doces e eternos dezesseis anos e foi ao encontro dos seus soldados, com os quais se dedicou a saquear os salões e tudo de valor que encontrasse.

Quando partiram, abandonando mais uma vez a princesa e sua corte, o que deixaram para trás foi ainda mais devastador do que haviam encontrado. Mas a vida se mantém obstinada nos recantos ermos do desprezo. A jovem centenária, ainda adormecida, deu à luz gêmeos, uma menina e um menino, que foram cuidados pelas fadas. Um dia, por descuido, o menino chupou o dedo de sua mãe e extraiu a farpa que se encontrava cravada sob sua unha. Exatamente no dia em que se cumpriam os cem anos de sonho. A princesa, tal como havia previsto a fada, era finalmente despertada pelo filho de um rei.

Passado certo tempo, o rei decidiu ir buscar sua querida. Encontrou-a desperta, vagando hipnotizada pelas salas vazias, entre cadáveres em decomposição. Nenhum dos criados e donzelas da princesa conseguiu sobreviver ao flagelo dos animais e ao ataque dos soldados do rei e, quando o feitiço que os havia preservado se desvaneceu, a imundície se apoderou de tudo.

O rei carregou a princesa e seus filhos e os levou consigo. Foram em vão as tentativas de devolver à jovem um ar de cordura. Passava os dias ensimesmada, repetindo por entre os dentes um sonho desconexo sobre uma fera que saltava sobre ela e a despedaçava a dentadas.

Dos balcões do palácio, foi apresentada ao povo. Apesar de seu estado, sua beleza não havia diminuído em absoluto, e todos a adoraram de imediato. O mesmo não se pôde dizer da mãe do rei, que entendia que aquela mulher se interporia entre ela e seu filho e acabaria por trazer inúmeras desgraças. Um dia, aproveitando a ausência do rei, deu ordens para que matassem as crianças, esses pequenos animaizinhos imundos, e sua mãe louca, de forma que tudo parecesse um acidente.

Na cozinha foi disposto um enorme caldeirão com azeite fervente onde todos seriam atirados.

Há quem diga que o rei regressou a tempo de salvar sua esposa e castigar a rainha-mãe. Há quem diga que as crianças foram salvas graças a um lampejo de bondade de seu algoz. Há quem ainda implore por um final feliz e um para sempre.

Mas de nada vale insistir. O que aconteceu de verdade não está nos contos. Um após o outro, os narradores modernos vêm tentando jogar luz onde há apenas silêncio e pesadelo.

MALDITO PÉ PEQUENO
(Inspirado em versões antigas do conto Cinderela)

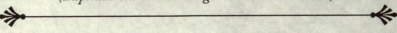

Não se sabe bem quando tudo aconteceu.

Uns dizem que a primeira vez que foi contado já era um feito antigo, narrado por vozes infantis que caíam das árvores como folhas secas. Vozes de crianças abandonadas nos bosques, que comiam o que matavam, quando não eram elas a comida. Mas eu não acredito. Em tempos tão remotos as crianças não existiam.

Outras fontes apontam para umas mulheres cegas, e dizem que elas ainda rondam o que resta de antigo no bosque arrasado. Mulheres que foram mutiladas, que perderam os olhos e os pés, e desde então repetem suas histórias. Suas imundícies primitivas as tornavam invisíveis à mente moderna.

Existem demasiadas coisas nas quais já não acreditamos; os séculos escavaram abismos que nos impedem de aceitá-las.

Na Alta Idade Média, o tempo era uma besta inútil que nunca se movia, e o tapete que conduzia ao altar dos palácios estava sempre tingido de sangue. Talvez seja por isso que essa história se inicie com um assassinato.

Zezolla era a filha única de um pequeno senhor feudal, educada com rigor monástico pela mãe, uma mulher rançosa como um tabaco velho que, costumeiramente, sujeitava a menina a insultos e pontapés. Em uma ocasião, chegou a mordê-la e mesmo a obrigá-la a beber água fervente. Tais atos semearam no coração da garota um profundo desejo de vingança.

Certo dia em que seu pai encontrava-se em viagem, Zezolla bordava em seu quarto quando sua mãe entrou e lhe ordenou que sustentasse a tampa de um baú enquanto ela procuraria um xale ali dentro.

Zezolla se posicionou junto ao móvel e, apoiada sobre a maciça tampa de carvalho, esperou que sua mãe se inclinasse o suficiente dentro do baú. Logo, deixou-se cair com todo seu peso sobre a tampa, que se fechou pesadamente sobre a infortunada mulher.

Com a morte de sua mãe, Zezolla abandonou todas as suas tarefas. Durante as tardes, distraía-se no jardim cuidando do pé de avelã que plantara sobre o túmulo materno.

Quando seu pai regressou de viagem e soube da notícia pela babá, logo se encaminhou ao jardim. Ali encontrou sua filha. Uma beleza triste dançava em torno dela. Observou-a sem ternura e se aproximou para tocá-la. Esse gesto desconhecido para ambos fez com que a jovem se retraísse como uma tartaruga. Ante a resistência da filha, o pai a golpeou até dominá-la.

Nessa noite, ouviu-se um grasnar de corvos que vinha do outro lado do rio. Enclausurada em seu quarto, a jovem sonhou que uma ave lhe arrancava a sombra para guiá-la em direção ao bosque.

Passaram-se dias encharcados de angústia. Zezolla deixou de falar com humanos. Seus lábios zumbiam como moscas e parecia conversar com pássaros e ratazanas.

Desde o regresso do senhor feudal, pouco a pouco a babá fora adotando ares de senhora da casa. Dia após dia, falava ao ouvido do senhor, primeiro com certa timidez, e logo descaradamente. Alguém deveria cuidar da casa, dizia, e sua filha não era uma opção. Zezolla era uma jovem incomum que deveria ser vigiada.

Com astúcia, adulações e afagos, a babá finalmente conseguiu que o homem se interessasse por ela e a tomasse como esposa. À casa chegaram as seis filhas da babá, agora convertida em senhora.

A vida se transformou em um constante pesadelo para Zezolla. Maltratada e depreciada por todos, o único lugar em que podia se sentir em paz era no jardim, onde crescia o pé de avelã.

Um dia, depois de dar várias voltas ao redor da árvore, contando-lhe as aflições, Zezolla cortou-lhe um dos ramos. Havia escutado que, brandindo uma vara de avelã, teria controle sobre as nuvens. Enquanto o fazia, um clarão surgiu do interior do tronco e lhe disse:

– Nunca nasci, nunca morrerei. Não tenho sonhos, pois só os que um dia morrerão podem sonhar. Cumprirei seus desejos, porque você sonha, mas a sua vida é como estar morta.

Naquela tarde, Zezolla fez seu primeiro pedido.

O inverno estava acabando, e seu pai iria empreender uma nova viagem. Já não regressaria vivo. Vários meses após sua partida, alguns soldados levaram a notícia à sua casa. O senhor havia sofrido uma emboscada de um grupo de crianças famintas que o atacaram com pedras e paus. Os soldados disseram que, quando o encontraram, notaram que várias partes de seu corpo haviam sido arrancadas a dentadas.

Na casa escutavam-se os prantos obrigatórios; a senhora se enfiou em um vestido preto que lhe dava um ar solene, muito conveniente para seu novo papel de viúva.

Com a morte do pai de Zezolla, os criados abandonaram a casa e as terras acabaram em poder das famílias vizinhas. A viúva mal conseguiu administrar a fortuna herdada e, em pouco tempo, a miséria começou a mostrar sua face. Foi então que a notícia do retorno do príncipe começou a se espalhar pelo reino. Após anos de ausência, o herdeiro regressava de suas incursões em terras de infiéis, de onde trazia numerosas riquezas. A família real organizou festas no palácio em que as mulheres da aristocracia, e também as de menor estatura social, eram convidadas a participar.

Na primeira noite de baile, quando todas as mulheres de sua casa já haviam saído, Zezolla correu ao pé de avelá e fez mais um pedido. Não se tratou de um simples desejo de assistir a um baile. Sua mente trabalhava mais rápido que isso. Seu desejo era poder entrar e sair de casa sem ser descoberta.

Nesse momento, todo seu corpo se cobriu de uma plumagem negra e brilhante, que se transformou em sua roupa. A pele de seu rosto adquiriu uma textura encerada, sem uma ruga, e seus traços passaram a ser estranhamente proporcionais. Uma máscara de plumas lhe cobriu os olhos.

A presença de Zezolla perturbou toda a corte. O príncipe se rendeu aos seus encantos e com ela se retirou aos seus aposentos.

Quando as badaladas da meia-noite começaram a soar, a jovem se apartou dos braços do príncipe e escapou escada abaixo. Ele ordenou que a detivessem. Porém, centenas de pássaros acobertaram sua fuga.

Em três ocasiões a jovem assistiu aos bailes do palácio. Deixava de ser aquela garotinha de olhares perdidos que rangia os dentes ao pensar e se transformava naquela mulher de beleza angustiante que seduzia o soberano.

Certa vez, cansado das fugas de sua amante à meia-noite, o príncipe ordenou que untassem as escadarias do palácio com graxa. Quando Zezolla passou pelas escadas em sua fuga noturna, uma de suas sapatilhas ficou presa em um dos degraus.

O príncipe a recuperou. Era um objeto extremamente pequeno, com certa deformidade. O refúgio de um pé do tamanho do de uma ave. Os dias se passaram e a desconhecida não voltou a aparecer. Encontrá-la se tornou uma obsessão.

Todo o reino se mobilizou em sua busca. A guarda real, habituada à solidão das muralhas e ao flagelo desesperador do tédio, teve caminho aberto: homens,

mulheres e crianças foram submetidos a interrogatórios e assédios. Todo o poder incontestável do palácio se abateu sobre a vida miserável dos aldeões. Ninguém podia evitar a visita daquela verdadeira matilha de cachorros famintos, que se divertia fazendo saques e abusos.

Durante aqueles dias de chumbo, o céu se moveu de forma estranha. Pela janela do quarto de Zezolla entraram e saíram dezenas de corvos que penduravam sombras nas vigas do telhado.

O príncipe se pôs a encabeçar a busca. Seu porte era descomunal sobre o cavalo do qual nunca desmontava. Havia algo de insano em seu aspecto, certa deformidade física que aterrorizava. Sua pele estava enegrecida de sujeira e raiva. Cada casa foi vasculhada, cada donzela foi humilhada, até que chegou a vez do casarão de Zezolla e suas irmãs.

No interior do casarão, as jovens já se encontravam prontas. Sua mãe as havia obrigado a comprimir seus pés com rudes bandagens. Maldito pé pequeno! Imobilizadas de dor, aguardavam suas oportunidades para provar o sapato.

Uma após a outra, as jovens irmãs tentaram calçar a sapatilha. Porém, quando faltavam apenas duas delas, a mãe levou a mais velha a um canto e lhe deu uma faca.

– Corta-te os dedos dos pés! – ordenou. – Quando fores rainha não precisarás caminhar.

Horrorizada, a jovem não teve outro remédio senão obedecer. Qualquer sacrifício era preferível antes de se resignar a uma vida miserável. Foi assim que conseguiu calçar a sapatilha.

O príncipe tomou-a nos braços e cavalgou de volta ao castelo. Mas da sapatilha escorria sangue. Quando a fraude foi descoberta, a jovem foi empurrada ao chão e obrigada a caminhar de volta, com o pé destroçado.

O príncipe entrou novamente na sala do casarão. A mãe incitou sua última filha a cortar o pé, mas esta se negou a fazê-lo. Então, sem hesitar um só instante, ergueu a faca e, em um golpe certeiro, cortou-lhe o calcanhar.

Disposto a não ser enganado novamente, o príncipe puxou a jovem para junto de si e partiu em direção ao palácio, mas, no meio do caminho, o sangue que escorria do pé voltou a alertá-lo do logro. Furioso, arrancou-lhe o sapato e esporou seu cavalo de volta. O príncipe, galopando veloz pelo caminho, ia espumando pela boca, com os olhos vermelhos de raiva. Quando chegou à casa, adentrou com seu cavalo e se meteu na sala, sem desmontar. Os cascos retumbavam como ordens sobre as pedras do piso. Antes que alguém pudesse reagir, o príncipe sacou sua espada e a cravou profundamente no peito da madrasta.

Não houve nada mais que silêncio. Um silêncio imóvel que subiu pelas paredes e escorreu pelas colunas frias, entre as quais apareceu Zezolla, caminhando descalça entre suas irmãs caídas. Tomou a sapatilha das mãos do príncipe e, sem que este oferecesse qualquer resistência, calçou-a com facilidade.

Neste momento, precipitou-se do telhado uma chuva de sombras; no centro da sala, ergueu-se Zezolla, portando novamente uma estranha beleza. Caminhou até o príncipe e juntos partiram rumo ao castelo.

Pouco tempo depois foi anunciado o casamento. As fogueiras que sempre ardiam como punição para alguma bruxa se apagaram. As pessoas cobriram os olhos e a boca para evitar que se sufocassem com as cinzas e a fumaça que se espalharam por toda a vila. O cortejo nupcial foi obrigado a se encaminhar para o bosque.

As irmãs de Zezolla haviam sido convidadas e também estavam presentes.

Em meio à cerimônia se formou uma nuvem de pássaros no céu que desceu rapidamente sobre as irmãs, que ficaram expostas no centro de um círculo de medo. Antes que pudessem entender o que se passava, as aves se atiraram contra elas. Ninguém na corte se atreveu a defendê-las. Quando os pássaros, por fim, dispersaram-se, as jovens jaziam sobre a relva com as órbitas oculares vazias.

Os empregados arrastaram-nas, retirando-as do centro e a cerimônia recomeçou. Um tapete de sangue se formou sobre a grama.

Dizem que houve um casamento entre um príncipe e uma donzela. E há quem ainda pense que isso é um final feliz.

Eu ando nos contos há uns quantos anos, mas antes disso tentei o teatro e o futebol; tentei a música e a carpintaria; o artesanato e a política. Ganhei a vida como professor de ensino básico. Fui pedreiro, carteiro e vendedor ambulante; guia turístico, pintor de paredes e sapateiro; andei de fotógrafo e de operário. Afinal concluí que a única coisa que sabia fazer bem era ler e contar histórias em voz alta e em silêncio. Com a voz, sinto que me aproximo dos outros e com os livros falo em silêncio com os que estão longe, esteja eu vivo ou morto. Nasci e cresci entre Buenos Aires e Montevidéu. Vivi muitos anos na Cidade do México onde criei família. Atualmente vivo em Lisboa, Portugal. Gosto do desafio de migrar – um bocado como o fazem os contos: para estar vivo.

RODOLFO CASTRO

Ilustrar os *Contos da meia-noite do mundo*
foi como habitar em um mundo oculto,
crepuscular, em um tempo passado,
mas que ainda permeia nossas vidas.
O bico de pena, que é meu principal
instrumento de desenho, é uma ferramenta
muita antiga, tão antiga quanto os contos
que compõem este livro. A pena serve ao
desenhista e ao escritor, ela é uma ponte
entre estes fazeres próximos. O desenho nasce
com as linhas, a linha é uma invenção, assim
fui tecendo as figuras, criaturas,
árvores antropomórficas, seres alados
e habitantes do imaginário.
Os desenhos se compõem da profusão de
linhas, constituem uma malha sugestiva
soprando na imaginação a ideia de outras
imagens, propondo novas margens visuais,
antes sugerindo do que determinando.
É um sonho em suspensão.

ALEXANDRE CAMANHO